じぶんでほめる

だれもほめてくれない　だから

かとう　よしお

三恵社

〈はじめに―ありがとう〉

強さより　やさしいこころ
　深めたい
けなし合うより
褒《ほ》め合う仲間

ありがとう
タイトルがどこか気になり手を伸ばす。

この本を見つけてくれてありがとう。

きっと、あなたには人をいたわる優しさがあることでしょう。

この本をそんなあなたに届けたい。

強さより優しい心深めたい。

けなし合うより褒《ほ》め合う仲間を広げたい。

そして仮に誰も褒めてくれなくても、せめて自分一人くらいは自分のことを褒めてやりたい。

所詮《しょせん》、趣味《しゅみ》の作品づくりのことであるならば、なおのこと、自画自賛《じがじさん》も許されることでしょう。

へたくそで

不格好《ぶかっこう》だから

愛される

粘土遊びは面白い。

粘土をいじり始めて間もなく、こねこねしながら器を作りました。土が柔らかすぎたので、作っている途中から、周りの土が高台《こうだい》よりも垂れ下がってきてしまいました。

「陶芸家の初期の作品を残そう」との師匠の冗談を真に受けて、素焼き、釉掛《くすりが》け、本焼と一人前のプロセスをたどり、その作品は出来上がりました。

その出来栄えは実にへたくそで不格好《ぶかっこう》です。釉薬《うわぐすり》の柿鉄も赤が見られず全体的に黒っぽくなりました。にもかかわらず師匠も奥様も「なかなか面白い」と言ってくれるのです。「うずくまる」という銘《めい》の入った焼物《やきもの》があることも教えてくれました。

見事に均整のとれた陶器も美しいけれど、へたくそで不格好な器だからこそ、愛されて、人の心を温かくする沢山のエピソードも生まれるのです。

さあ咲くぞ
気《き》合《あ》いあふれる
つぼみたち

一年前に花を散らした桜の木々は、
ガの幼虫に若葉を食べられたり、
夏の日照り続きで脱水状態になったり、
激しく襲い掛かる台風に振り回されたり、
凍りつく寒風に耐えたりしながら、
つぼみたちを守り育ててきました。
陽ざしの春がやってきて芽が動き始めます。
そして今、ピンクの花びらがこんなに顔を出しています。
この句には、満を持して開花の時を迎えたつぼみたちの、夢と喜びが力強く表現されています。

いつの日か
種《たね》播《ま》き愛《め》でた　桜の芽
老《お》いた二人に
今　咲《さ》き誇《ほこ》る

植木鉢に桜の種をひとつ播きました。

その翌年、桜の芽が出ました。

双葉の中央に小さな本葉があります。

「こんなに小さいのに、ちゃんと一人前に桜の葉っぱの形をしているのね」

妻も感動して、二人で見つめました。

だんだん大きくなり、数年後、植木鉢から地植えに植え替えようと鉢を持ち上げようとしましたが、全く動きません。鉢底の穴から地中に深く根を伸ばしていたのです。周りを掘って植木鉢を取り外し、庭の隅に桜の苗木を植え替えました。

桜の芽から二〇年。妻も私も高齢者となりました。

満開の桜が二人を大きく包み込んで誇らしげに咲いています。

甲羅《こうら》干《ほ》し
亀も見ている
花筏《はないかだ》

山崎川（名古屋）は桜の名所です。
緩やかな流れの中の石の上で、
一匹の亀が甲羅干《こうらぼ》しをしています。
花便りでは「落花盛ん」と報じられ、
桜の花びらが風に吹かれて飛んでいます。
川にはところどころ花筏《はないかだ》ができて流れています。
眠そうな亀の目にも花筏はきっと見えていることでしょう。
ゆったりと平和な時が過ぎている状況が、
生命のいとおしさと共に温かく描写されています。

もこもこと
太鼓《たいこ》の音《おと》を響《ひび》かせて
生命《いのち》爆発《ばくはつ》　楠《くすのき》萌《も》える

大きな 楠《くすのき》の新緑ほど力強いものはありません。
五月晴《さつきばれ》の天空に、
楠の新緑がもこもこと、眩《まぶ》しいほどに盛り上がっていきます。
短く早く力強く、和太鼓を打つ音が聞こえてくるようです。
老木も古い葉を落とし、
瑞々《みずみず》しい葉にすっかり衣替えです。
風薫《かぜかお》るこの一瞬
楠の生命の爆発です。

乱舞《らんぶ》する
熊蜂《くまばち》たちと
藤《ふじ》に酔《よ》う

藤棚には、白や紫の藤の花が長く垂れています。
藤の甘い香りは、風に乗って遠くまで運ばれていきます。
藤棚の下に身を置けば、芳香が満ち満ちていて、
まさに藤に酔うことができます。
そこには必ず熊蜂もたくさん吸い寄せられてきています。
ぶんぶんと羽音《はおと》を立ててせわしく花から花へと乱舞しています。
藤の香りに誘われてここへ来たのは、人間だけではありません。
熊蜂たちの生命の輝きも温かく表現されています。

伐採《ばっさい》を決《き》めて
見《み》上《あ》げるアベマキに
幼《おさな》き木の実は青く輝く

アベマキの木がとても大きくなりました。

庭の隅に生えていたので、多分私が種を播《ま》いたか苗を植えたのでしょう。

このところ、秋には沢山の大きなドングリを落とすようになっていました。

この木には鳥や蝉が来て鳴いて季節を感じさせてくれます。

「今のうちに切らないと大変なことになる。小さな庭に植える木ではない」

との声に押され、「峰止《みねど》め」の提案も却下《きゃっか》され、いよいよ決断を迫られることになりました。

出入りの植木屋さんに伐採《ばっさい》を相談したのは六月半ば。八月半ばまでの生命となりました。

伐採を決断してアベマキの木に近づくと、
枝にはまだ幼いドングリの実がいくつも育っていました。

それらは太陽の光に照らされて美しく輝いていました。

夏至《げし》の夜
貴方《あなた》の肩に蛍《ほたる》来て
しばし恋して
さよならするの

信州辰野《たつの》には「蛍《ほたる》の里」があります。

夏至の頃、そこではたくさんのゲンジボタルが飛び交います。

見に来た人の頭や肩にとまって光ることもあります。

「ほら、あなたの肩のところ、とまっているよ」

「あっ、飛んで行っちゃった」

「どうしてあなたのところに来たのかしら」

「そりゃ、好きだからさ」

そんな二人の会話もきっと良い思い出になることでしょう。

今宵《こよい》こそ
ゲンジボタルの底力《そこぢから》
恋のリズムを
揃《そろ》えて光れ

ゲンジボタルは、恋の相手を求めて
暗闇の草木の中で光を放っています。
不思議なことに、
ゲンジボタル達の点滅のリズムが、
実にうまくそろっています。
小さな生き物たちも、力を合わせて
自分たちの存在をアピールしているのでしょうか。
さあ今夜こそ、恋の相手を見つけよう。
ゲンジボタル達の底力が
生命の営みの切実さとともに
伝わってきます。

炎天下《えんてんか》
交尾したまま
蟬は逝《ゆ》く

二〇一五年は記録的な猛暑でした。
高原の小道に、二匹の蝉がひっくり返っていました。
二匹ともすでに死んでいます。
拾い上げても離れません。
オスとメスとがおしりのところでくっついています。
この広い自然の中で、二つの生命は奇跡的にめぐり合いました。
そしてほぼ同時に昇天したのでしょうか。
天空の太陽だけが知っている秘密です。

嵐越え
青空の下《もと》
蝉の鳴く

大きな強い台風が通り抜けて青空が見えてきました。
ツクツクホウシが元気に鳴き始めました。
あの激しい雨と風を、
いったいどこで、
どのようにして、しのいでいたのでしょう。
ツクツクホーシ、ツクツクホーシ
どっこい、私は生きているよ
と、鳴いています。
青い空の中、雲が足早に流れていきます。
蝉の声はきっと天空にも届いていることでしょう。

容赦《ようしゃ》なく
吹き荒れる風　枝を折り
木々はひたすら
耐えるほかなし

台風の接近によって白樺《しらかば》の木が大きく揺れています。どんなに大きな危険が迫っていても木々は決してそこから逃げることはできません。雨・風がいよいよ激しくなりこれ以上は無理というくらい風に煽《あお》られ、斜《なな》めに押しやられて、葉も枝もちぎれんばかりです。木が「やめて」「やめてくれ」とどんなに叫んでも、全く容赦《ようしゃ》なしです。木々は翻弄《ほんろう》されるまま、抵抗することもなく、ひたすら深くお辞儀《じぎ》を繰り返しながら、突風の力をかわそうとしています。そうしなければポッキリと折れてしまうことでしょう。

嵐が過ぎた翌日はとても良い天気です。木々たちは陽の光を浴び、何事もなかったかのように葉を輝かせています。でも地面には、夥《おびただ》しい小枝や葉がちぎれて落ちています。一本の白樺が根元から折れて倒れています。もし木々たちが、台風とまともに闘っていたら、もっと折れていたことでしょう。

枯れてなお
健気《けなげ》に揺《ゆ》れる
吾亦紅《われもこう》

吾亦紅《われもこう》は、高原で見られる植物です。
茎の先端に楕円形の穂をつけます。
楕円形の穂の中にとても小さな花が咲きます。
花の時期はすっかり終わっていても、
穂の部分の赤茶色の坊主頭は
風に揺れています。

このような吾亦紅に健気《けなげ》さを感ずるのはなぜでしょうか。
この姿には派手さは全く感じられず、あまり目立ちません。
地味な存在でありながら、
吾亦紅の名前の由来も含め、
温もりと親しみを感じさせてくれます。

どんぐりは
引き出しの奥
ころげおり

道端のどんぐりを見つけると拾いたくなるのは、
幼い頃からちっとも変りません。
アベマキのどんぐりは大きくて、
イガイガのお椀《わん》（殻斗《かくと》）の中にすっぽりと納まっています。
光沢のあるこげ茶色がとても美しい。
この季節には
「今年も元気でどんぐりを拾うことができる」
と感謝しつつ、拾ってしまいます。
机の引き出しの中では
何年も前の色あせたどんぐりたちが転がっています。

稲妻《いなずま》の轟《とどろ》き落ちた
諏訪湖《すわこ》にも
今宵《こよい》は星と細き月あり

毎年八月一五日は、諏訪湖《すわこ》の花火の日です。湖上で尺玉《しゃくだま》が炸裂《さくれつ》します。屋台も並んで周辺は人でいっぱいです。

二〇一三年の花火大会は、激しい雷雨のため、開始早々中止となりました。

稲妻は諏訪湖の周りの山や建物にも湖上にも、いくつも光って落ち、その凄《すさ》まじい音とも相俟《あいま》って、身の危険を感ずるほどでした。

その年の秋、諏訪湖畔の「紅やホテル」に宿泊し、最上階の温泉に入りました。

その夜はあの日の稲妻と人々の混乱を全く想像させない静寂《せいじゃく》さです。

夜空には大きな星と細い月が光っていました。

露天風呂
枯れ葉も一緒に
骨休め

紅葉の季節になりました。
お気に入りの温泉があります。一泊二日の信州の旅です。
露天風呂に入っていると、
地味な枯葉がひとつ、風に運ばれてきて、顔の前に浮かびました。
小楢《こなら》の葉のようです。

きっと芽を出したばかりの頃、光が眩《まぶ》しかったことでしょう。きっとさわやかな風に吹かれて、鳥たちのさえずりを楽しんだことでしょう。きっとあの激しい嵐も体験したことでしょう。きっとドングリをいっぱい実らせ、役割を果たしたことでしょう。
お互い同じ時代を生き抜きました。やがて土に還《かえ》るのも同じです。

倒《さかさま》の
紅葉《もみじ》揺《ゆ》らすな
池の鯉《こい》

多治見《たじみ》（岐阜県）の永保寺《えいほうじ》には小さな池があります。

その周りのイロハモミジが赤く色づき、水面にくっきりと写っています。

さかさもみじです。

池の鯉《こい》がはねたようです。

水面に小さな輪ができ、広がっていきます。

間もなくさかさもみじも揺《ゆ》らいでこわれました。

この句の中には、時空(この時、この場所)を共有する三つの生命が歌いこまれています。

ひとつは池で跳《は》ねた鯉、
もう一つは見事に色づいたイロハモミジ、
そしてその場にいた作者の限りある生命です。

怪《あや》しげに
さかさもみじが
呼んでいる

秋の徳川園《とくがわえん》（名古屋市）では、夜間のライトアップが始まりました。

灯りに照らされたもみじが、鏡のような水面に写し出されています。

見ていると「虚《きょ》」と「実《じつ》」の境《さかい》がよく解《わか》らなくなり、
あちらの世界へ一歩踏み出していきたくなります。

「おいで」

「さあ、こちらにおいで」

と、怪《あや》しげにさかさもみじが誘うのです。

いつの日か
君が拾いし紅葉《もみじば》は
六法全書の中 眠りおり

遺品の中に六法全書がありました。
何気なく開いてみると、
その中にはイロハモミジが挟《はさ》まれていました。
一見くすんだ枯葉のように見えます。
しかし、太陽にかざしてみると、
透き通るように、鮮やかに、赤く輝くのです。
あなたは、秋になると、きれいな落ち葉を拾っていましたね。
太陽に透かして、こんなにきれいと目を輝かせて喜んでいましたね。
そんなあなたの姿が、六法全書の中にありました。

唐松《からまつ》も
霧小雨《きりさめ》の中
冬支度《ふゆじたく》

陽に映えて黄金色に輝いた唐松林《からまつばやし》も、
そろそろ褐色《かっしょく》の葉を落とす頃になりました。
今、山は霧小雨《きりさめ》です。
峠の唐松林が霧でぼんやりと浮かび上がっています。
やがて厳しい冬が来ることでしょう。
唐松も枯葉を静かに落としつつ冬支度《ふゆじたく》です。

落ち葉踏む
音を聞きたく
回り道

歩道には、街路樹の葉が随分落ちています。

あの公園では、大きな欅《けやき》の枯葉が
きっと積もっていることでしょう。

サクサクと、落ち葉を踏む音を聞きたくなりました。

だから少し回り道をして、落ち葉を踏みしめてから帰るのです。

移り行く季節の変化、それらを楽しむ心のゆとり……

ささやかながらもそのような生き方ができるのは、とても幸せなことのように思われます。

生き抜いて
破れ蟋蟀《こおろぎ》
月に鳴く

師走に入ろうとするこの時期ともなれば、
寒波の一つや二つはやってきます。
数々の苦難を乗り越えるうちに
蟋蟀《こおろぎ》の羽も傷ついたし、生命のローソクも残り少なくなりました。
孤独な蟋蟀《こおろぎ》の鳴く声は、かさかさと荒れて低く、とてもひ弱です。
メスを呼んでももうメスはいません。競い合って鳴いていた仲間もいません。
すでに皆死んでしまったのです。
しかし蟋蟀《こおろぎ》は力の限り鳴き続けます。
澄み切った天空には、
透明感のある白い満月が美しく輝いています。

寒雀《かんすずめ》
群れて刈穂の
実を拾い

雑草を刈った空き地から雀《すずめ》の群《むれ》が飛び立ちました。幼い頃の記憶がよみがえりました。

冬の田では、
農作業もすっかり終わり、
ところどころにわらぼっちのあとも見られます。
そんな頃、稲刈りの済んだ田んぼでは、
雀の群がせっせと実を拾って食べています。

音の気配にとても敏感で、
何かの拍子に一斉《いっせい》に飛び立ちます。

春になれば
嘴《くちばし》の黄色い小雀たちが
羽を震《ふる》わせながら、
親雀から餌《えさ》をもらう姿を見せてくれることでしょう。

荒れた手で
包み温め
妻笑顔

妻の手は温かい。
冬になると、冷たい私の手を温めてくれることもある。
年を重ね、冬の妻の手は潤いが乏しい。
指先が乾燥して割れそうになることもある。
寒波の頃、私の手を両手で包み、「氷のように冷たいね」と言う。
じんわりと温もりが伝わり、妻の笑顔に心も温かくなる。
「本当にありがとう」
まれには妻の冷たい手を私が両手で包み温めることもある。
荒れた手を　包み温め　妻笑顔
シミ、シワ、肌荒れも、長く共に生きた証しであり、愛《いと》おしい。

霜柱《しもばしら》
踏めば想《おも》いは
幼き日

寒い日の朝、小さな庭先に出てみると、さくっと音がしました。
霜柱《しもばしら》ができています。
霜柱を踏むその音と感触を懐《なつ》かしく愉《たの》しんで、
しばしサクサク、ザクザク。
霜柱を踏みつけて遊んだ幼き日のことがふと甦《よみがえ》ります。
古稀《こき》も近いというのに、
やっていることも心も、
子供の頃と変わりません。

譲《ゆず》られて
感謝しつつも
老いを知る

久しぶりに妻と地下鉄に乗りました。

空いた席に妻が座り、私は吊り革をつかんで立っていました。

私の前に座っている二〇歳位の女性が、私を見て少し落ち着かない様子です。

二駅ほど過ぎてから「席を替わりましょう」と言って立ち上がりました。

戸惑いましたが、「どうぞ」というのでその席に座らせていただきました。

席を譲られるのは初めてのことです。

次の駅で高齢のご婦人が私の前に乗ってきたので、その方に席を譲りました。

先程の若い女性と並んで立つこととなり、少し言葉を交わしました。席を替わりましょうと言い出せず迷っていたとのことです。「あなたは優しい人ですね。その優しさを大切にしてください」と伝えました。

〈おわりに―平和の大切さ〉

幼子《おさなご》は

衣装《いしょう》を揃《そろ》えてフラダンス

おしりふりふりふり

笑いを誘う

今日はダンス教室の発表会です。四歳の孫娘も最年少《さいねんしょう》ながら、一人前に衣装をそろえて登場です。ハワイアンの音楽に合わせて踊り始めます。優雅《ゆうが》に腰をくねらせるところになると、あどけない孫娘もおしりをふりふりします。その仕草《しぐさ》があまりにかわいいので観客から笑い声が上がります。
子ども達が大きくなった頃、
この世はとても素晴《すば》らしい、
この世に生まれてきて本当に良かったと感じてくれるでしょうか。
この思いは、人種《じんしゅ》や宗教《しゅうきょう》が異なっていても、地域《ちいき》や時代《じだい》が違っていても、きっと同じです。
子どもたちを貧困《ひんこん》・差別《さべつ》・絶望《ぜつぼう》から残虐《ざんぎゃく》の世界へ送り出すことのないよう、
世界中の子どもたちに衣《い》・食《しょく》・住《じゅう》を保障し、
子どもたちが遊んだり、学んだりできるように……
との思いを強くした一日でした。

だれもほめてくれない だから じぶんでほめる

2016年4月5日　初版発行

著　者　加藤 良夫

定価(本体価格500円+税)

発行所　株 式 会 社　三 恵 社
〒462-0056 愛知県名古屋市北区中丸町2-24-1
TEL 052 (915) 5211
FAX 052 (915) 5019
URL http://www.sankeisha.com

乱丁・落丁の場合はお取替えいたします。

ISBN978-4-86487-503-5 C0092 ¥500E